AF617540

Un karma pasional

—

Lafcadio Hearn

Colección Hilados - 10
Primera edición, febrero 2025

Un karma pasional, Lafcadio Hearn

© de la presente edición
Satori Ediciones
C/ Domingo Juliana, 16, 33213, Gijón, España
www.satoriediciones.com

Traducción: Marián Bango Amorín
Cubierta y maquetación: Marco Recuero
Impresión: Gráficas Eujoa

ISBN: 978-84-19035-96-7
Depósito legal: AS 02101-2024

Este libro es puramente la expresión propia de sus autores y no refleja necesariamente la opinión de la entidad que lo publica. Satori Ediciones no se hace responsable de las opiniones expresadas en la presente obra.

Todos los derechos reservados. Cualquier forma de reproducción, distribución, comunicación pública o transformación de esta obra solo puede ser realizada con la autorización de sus titulares, salvo excepción prevista por la ley. Diríjase a CEDRO (Centro Español de Derechos Reprográficos) si necesita fotocopiar o escanear algún fragmento de esta obra.

Impreso en España – Printed in Spain

Una de las atracciones que nunca falta en la escena teatral de Tokio es la representación de *Botan Dōrō*, *La Linterna de Peonía*, puesta en escena por el célebre Kikugorō y su compañía. Esta inusual pieza teatral, cuya acción transcurre en la segunda mitad del siglo pasado, es la dramatización de un relato del célebre novelista Enchō, escrito en japonés coloquial y ambientado en Japón, si bien está inspirado en un cuento chino. Asistí a su representación y es así como me familiaricé, de la mano de Kikugorō, con el placer por lo terrorífico.

—¿Por qué no acercar a los lectores ingleses la parte fantástica de la historia? —me sugirió un amigo que, de cuando en cuando, me guía por los laberínticos senderos de la filosofía oriental—. Sería un buen modo de explicar las ideas populares relativas al mundo sobrenatural y que no son muy conocidas por los occidentales. Yo podría ayudarte con la traducción[1].

Acepté la sugerencia de buen grado y redactamos el siguiente resumen de la parte más extraordinaria de la novela de Enchō. En ciertos momentos fue necesario condensar la narración original, pero hemos intentado mantenernos fieles a los diálogos, pues resultan de gran interés psicológico.

* * *

I

Hace tiempo vivió en el distrito de Ushigomé, en Yedo, un *hatamoto*[2] llamado Iijima Heizayémon, cuya hija, O-Tsuyu, era tan hermosa como su nombre, que significa «rocío de la mañana». Iijima se casó por segunda vez cuando su hija tenía dieciséis años, pero, al ver que O-Tsuyu no se llevaba bien con su madrastra, ordenó que construyeran una hermosa villa en Yanagijima, una residencia independiente, donde la joven se trasladó con

1 En 1884 Enchō Sanyutei realizó una adaptación para *rakugo* del cuento *Botan Dōrō*, aumentando su contenido con más información sobre los personajes y creando tramas secundarias. La obra se hizo muy popular y en julio de 1892 fue adaptada para el teatro kabuki bajo el título *Kaidan Botan Dōrō*. La presente adaptación de Lafcadio Hearn, publicada en 1899, está basada en esta última. (N. de la T.)

2 Los *hatamoto* eran los samuráis que formaban las fuerzas militares del Shōgun. La traducción literal del término es «los que llevan la bandera». Constituían la clase más alta de los samuráis, no solo como vasallos directos del Shōgun, sino también como aristocracia militar. (N. del A.)

una excelente doncella, llamada O-Yoné, encargada de velar por ella.

O-Tsuyu vivía feliz en su nuevo hogar hasta que un día recibió la visita del médico de la familia, Yamamoto Shijō, que venía acompañado de un joven samurái llamado Hagiwara Shinzaburō, que residía en el distrito de Nedzu. Shinzaburō era un muchacho excepcionalmente bello y muy atento; los dos jóvenes se enamoraron nada más verse. Antes de que la breve visita llegara a su fin, los jóvenes se comprometieron de por vida sin que el doctor pudiera oírlos.

A la hora de la despedida, O-Tsuyu le susurró al muchacho:

—Recuerda, si no vuelvo a verte, te aseguro que moriré.

Shinzaburō nunca olvidó estas palabras. Vivía ansioso por volver a ver a O-Tsuyu. Sin embargo, el protocolo le impedía visitarla sin un acompañante; así que estaba obligado a esperar la invitación del doctor para acompañarle en una segunda ocasión, cosa que este le había prometido. Por desgracia, el anciano no cumplió su promesa. Se había percatado del repentino afecto de O-Tsuyu hacia el joven y temía que su padre le hiciera responsable de las posibles consecuencias. Iijima Heizayémon tenía fama de decapitar a sus enemigos. Cuanto más pensaba Shijō en lo que podía llegar a ocurrir si acudía con Shinzaburō a la residencia Iijima, más miedo sentía. Por lo tanto, se abstuvo de frecuentar a su joven amigo.

Pasaron los meses y O-Tsuyu, que desconocía la verdadera causa de la indiferencia de Shinzaburō, creyó que este había desdeñado su amor. La muchacha languideció y murió. Poco después, su fiel sirvienta O-Yoné también murió debido al dolor que le causó la pérdida de su joven señora y fueron enterradas una al lado de la otra en el cementerio de Shin-Banzui-In, un templo que aún hoy se puede visitar en el vecindario de Dango-Zaka, donde anualmente se celebran las famosas exhibiciones de crisantemos.

II

Shinzaburō desconocía todo lo que había sucedido, pero, aun así, su disgusto y su nerviosismo derivaron en una prolongada enfermedad. Ya se estaba recuperando poco a poco, aunque aún estaba muy débil, cuando recibió la visita de Yamamoto Shijō. El anciano se excusó por su aparente indiferencia hacia él en los meses pasados. Shinzaburō le dijo:

—He estado enfermo desde el comienzo de la primavera… Incluso a día de hoy apenas puedo comer… ¿No te parece que has sido un desconsiderado al no venir a verme? Creí que volveríamos juntos a visitar la casa de la dama de Iijima. Quería llevarle un pequeño presente en agradecimiento al amable trato que nos dispensó. Obviamente no podía ir yo solo.

Shijō respondió con seriedad:

—Siento mucho tener que decirte esto, pero la joven dama ha muerto.

—¡Muerto! ¿Has dicho que ha muerto? —repitió Shinzaburō completamente pálido.

El médico permaneció en silencio durante un momento, como si estuviera ordenando sus pensamientos, y a continuación relató los hechos con brevedad, decidido a no darle mayor importancia al asunto:

—Mi gran error fue presentártela, pues parece que se enamoró de ti en cuanto te vio. Me temo que pudiste decir algo que alentara su afecto mientras estuvisteis juntos. En fin, me di cuenta de sus sentimientos hacia ti y no pude evitar preocuparme, ya que temía que su padre lo descubriera y me culpara de todo. Así que, para ser sincero, decidí que sería mejor no visitarte, y durante este tiempo me he abstenido de frecuentar tu casa. Pero hace unos días estuve en la casa de Iijima y me enteré, para mi sorpresa, de que su hija había muerto y de que su sirvienta O-Yoné había fallecido poco después. Al recordar nuestra visita a la dama, supe que había muerto de amor por ti... (*Riendo*) ¡Ah! ¡En verdad eres un pecador miserable! ¡Sí, lo eres! (*Riendo*) ¿Acaso no es un pecado haber nacido tan hermoso como para que las mujeres mueran por tu amor?[3]... (*Con seriedad*) Bueno, dejemos a los muertos con los muertos. Ya no tiene sentido seguir hablando del tema; ahora lo único que puedes hacer por ella es repetir el *Nembutsu*[4]... ¡Hasta la vista!

Y el anciano se retiró de inmediato, deseoso de poner fin a la conversación sobre aquellos trágicos hechos, de los que se sentía involuntariamente responsable.

III

Las noticias de la muerte de O-Tsuyu afectaron terriblemente a Shinzaburō. Pero, en cuanto se sintió capaz de pensar con claridad, escribió el nombre de su amada en una tablilla funeraria y la colocó en el altar budista de su casa para realizar ofrendas diarias y recitar oraciones en su memoria. El recuerdo de O-Tsuyu siempre estaba presente en su pensamiento.

La vida de Shinzaburō transcurría monótona y solitaria, nada alteraba su melancólica rutina. Cuando llegó la época del Bon, el gran Festival de los Muertos, que comienza el décimo tercer día del séptimo mes, preparó y decoró su casa para la celebración. Colgó las linternas que guían a los espíritus en su viaje al mundo mortal y depositó alimentos para los fantasmas en el *shōryōdana*, el

3 Quizá este diálogo resulte extraño para el lector occidental, pero es fiel en su totalidad al texto dramático. La escena completa es típicamente japonesa. (N. del A.)

4 La invocación *Namu Amida Butsu* («Alabado sea el Buda Amitâbha») se repite como oración en memoria de los muertos. (N. del A.)

Estante de las Almas. En la primera jornada del Bon, tras la puesta de sol, prendió una lamparilla ante la tablilla de O-Tsuyu y encendió las linternas.

Era una noche clara, la luna llena lucía hermosa. El calor era asfixiante, apenas soplaba una leve brisa. Shinzaburō salió al porche buscando el frescor de la noche. Vestía un ligero quimono de verano para soportar el calor. Se sentó allí y se perdió en sus pensamientos, sus ensoñaciones y sus tristezas; de vez en cuando se abanicaba o encendía incienso para espantar a los mosquitos. Todo estaba en calma. Su vecindario no estaba muy poblado y apenas había paseantes aquella noche. Solamente se escuchaba el suave murmullo de un arroyo cercano y el siseo de los insectos nocturnos.

De repente, el eco de unas *geta*[5] de mujer rompió la tranquilidad de la noche —*kara-kon, kara-kon*—; el sonido se aproximaba más y más, rápidamente, hasta que alcanzó el seto que rodeaba el jardín. Shinzaburō, movido por la curiosidad, se irguió y se puso de puntillas para mirar por encima del seto. Vio a dos muchachas caminando. Una de ellas, que portaba una bonita linterna decorada con flores de peonía[6], parecía una sirvienta;

5 *Komageta* en el original. Las *geta* son unas sandalias o zuecos de madera; existen muchas variedades, algunas de ellas son realmente elegantes. Las *komageta* o «*geta* de poni» se llaman así por el sonoro eco que producen, similar a los cascos de un caballo al golpear contra el suelo. (N. del A.)

6 Este tipo de linterna ya no se fabrica; la imagen que acompaña la historia nos ayuda a comprender mejor su forma. Se trata de un tipo de linterna completamente diferente a las domésticas modernas, hechas a mano y en las que se dibuja el blasón familiar del propietario. Se parece más bien a las linternas que se fabrican para el Festival de los Muertos y que se conocen como *Bon-Dōrō*. Las flores de la ornamentación no se pintan ni se dibujan: son flores artificiales realizadas en papel de seda que se sujetan a la parte superior de la linterna. (N. del A.)

la otra era una esbelta joven de unos diecisiete años vestida con un quimono de manga larga bordado con diseños de motivos otoñales. En el mismo instante en que las dos jóvenes volvieron el rostro hacia Shinzaburō, este pudo reconocer, para su asombro, a O-Tsuyu y a su sirvienta O-Yoné.

Las mujeres se pararon de inmediato y la muchacha exclamó:

—¡Oh! ¡Qué extraño! ¡Hagiwara Sama!

Shinzaburō llamó a la sirvienta casi al mismo tiempo:

—¡O-Yoné! ¡Tú eres O-Yoné!... Te recuerdo muy bien.

—¡Hagiwara Sama! —exclamó O-Yoné atónita—. ¡Habría jurado que era imposible!... Señor, nos dijeron que habíais muerto.

—¡Asombroso! —exclamó Shinzaburō—. También a mí me dijeron que las dos habíais muerto.

—¡Qué pérfida historia! —contestó O-Yoné—. ¿Por qué repetir estas palabras tan desafortunadas? ¿Quién os lo dijo?

—Por favor, entrad, aquí podremos hablar con mayor comodidad. El jardín está abierto —dijo Shinzaburō.

De modo que las mujeres entraron. Tras intercambiar saludos, y una vez que Shinzaburō las hubo acomodado, les dijo:

—Confío en que perdonéis mi descortesía por no haberos visitado durante tanto tiempo. Shijō, el médico, me dijo hace un mes que ambas habíais muerto.

—¿Así que fue él quien os lo dijo? —exclamó O-Yoné—. Ha obrado con malicia al decir una cosa semejante. También fue Shijō quien nos contó que vos habíais muerto. Creo que trataba de engañaros y no le resultó complicado porque sois confiado e ingenuo. Es probable que a mi señora la hayan traicionado sus actos o sus palabras en determinado momento, revelando así su afecto por vos. Esto puede haber llegado a oídos de su padre. Quizá O-Kuni, su nueva esposa, ideó el engaño y le pidió al médico que os informara de nuestra muerte para precipitar la separación. Cuando mi señora recibió la noticia de vuestra muerte, quiso afeitarse la cabeza para entrar en un convento. Por fortuna pude convencerla de que no se cortara el pelo y, finalmente, la disuadí para que se convirtiera en monja solo en su corazón. Tiempo después su padre la quiso casar con cierto joven, pero ella rehusó. Hubo muchísimos problemas, en su mayoría provocados por O-Kuni, y decidimos abandonar la mansión. Encontramos una casita en Yanaka-no-Sasaki. Allí hemos estado durante este tiempo, realizando algún pequeño trabajo para vivir... Mi señora ha estado repitiendo el *Nembutsu* en vuestra memoria constantemente. Hoy, como es el primer día del Bon, habíamos ido a visitar los templos; ya estábamos de regreso a casa cuando este extraño encuentro ha tenido lugar.

—¡Qué extraordinario! —exclamó Shinzaburō—. ¿Es verdad o es solo un sueño? ¡Yo también he recitado el *Nembutsu* una y otra vez ante una tablilla que lleva su nombre! ¡Mírala!

Y les mostró a las muchachas la tablilla de O-Tsuyu, que ocupaba un lugar en el Estante de las Almas.

—Estamos más que agradecidas por vuestro amable gesto de recuerdo —respondió O-Yoné con una sonrisa—. En cuanto a mi señora —continuó O-Yoné volviéndose hacia O-Tsuyu, que había permanecido en silencio durante la conversación, ocultando con recato parte de su rostro con la manga—, en cuanto a mi señora, dice que no le importaría que su padre la repudiara durante sus siete existencias[7], o que incluso la matara, por vuestro amor. ¡Vamos! ¿Permitiríais que se quedase aquí esta noche?

Shinzaburō palideció de alegría y respondió con voz trémula de emoción:

—Por favor, quedaos; pero hablad en voz baja porque mi vecino es muy curioso. Es un *ninsomi*[8] llamado Hakuōdō que lee el futuro en los rostros de las personas. Es mejor que no esté al tanto de vuestra presencia.

Las dos muchachas pasaron aquella noche en la residencia del joven samurái y regresaron a su casa por

7 «Durante sus siete existencias», es decir, durante el tiempo de siete vidas sucesivas. En el teatro y en la novela japoneses es habitual representar a un padre que repudia a su propio hijo «durante sus siete existencias». Este rechazo se conoce como *shichi-shō madé no madō*, «repudiado por un periodo de siete vidas», y significa que, en esta y en las próximas seis vidas, el hijo o la hija indisciplinados continuarán sufriendo el desprecio de su padre. (N. del A.)

8 Esta profesión existe todavía. El *ninsomi* emplea una especie de cristal de aumento (a veces se trata de un espejo) llamado *tengankyō* o *ninsomégané*. (N. del A.)

la mañana temprano, un poco antes de la salida del sol. Y estuvieron volviendo cada noche siempre a la misma hora —ya lloviera o soplara el viento— hasta completar siete noches. Shinzaburō se sentía cada vez más unido a la muchacha; ambos notaban cómo los sutiles lazos de la ilusión los ataban el uno al otro con más fuerza que unos grilletes de hierro.

IV

En una pequeña casa contigua a la residencia de Shinzaburō, vivía un hombre llamado Tomozō junto con su esposa, O-Miné. Ambos trabajaban para Shinzaburō como sirvientes y eran fieles y leales a su joven señor, pues, gracias a él, podían vivir desahogada y cómodamente.

Una noche, a una hora muy tardía, Tomozō escuchó una voz de mujer que provenía de los aposentos de su señor, lo cual le causó cierta preocupación. Temía que Shinzaburō, al ser un muchacho tierno y cariñoso, estuviera siendo objeto de algún cruel engaño licencioso. Sin duda, el personal doméstico era siempre el primero en sufrir las consecuencias de este tipo de actos. Por lo tanto, decidió espiarle. A la noche siguiente entró sigilosamente en la morada de Shinzaburō y observó a través de una rendija de las contraventanas correderas. Dentro del dormitorio, el brillo de una lámpara le permitió ver a su señor y a una extraña mujer conversando, protegidos por la mosquitera. Al principio no pudo distinguir a la mujer con claridad. Estaba de espaldas y solo podía percibir que era muy esbelta y que parecía ser muy joven a juzgar por el estilo de su peinado y de su atuendo[9]. Tomozō acercó la oreja a la rendija para escuchar mejor.

—En caso de que mi padre me repudiara, ¿me permitirías vivir aquí contigo? —dijo la mujer.

—Te prometo que sí —respondió Shinzaburō—, y además estaré encantado. Pero no hay razones para pensar que tu padre pueda ser tan duro contigo, pues eres su única hija y te ama con todo su corazón. Mi verdadero temor es que algún día el cruel destino nos separe.

—Nunca, jamás podré ni tan solo pensar en aceptar a otro hombre por marido. Aunque nuestro secreto saliera a la luz y mi padre me matase por lo que he hecho, incluso entonces, después de muerta, jamás podría dejar de pensar en ti. Ahora estoy segura de que tú tampoco podrías vivir sin mí.

A continuación se arrimó a su amado y, posando los labios sobre el cuello del joven, le acarició, y él le devolvió sus caricias.

Tomozō escuchaba la conversación maravillado, pues el lenguaje empleado por la mujer no era el de

9 La forma y el color del vestido, así como el peinado, están regulados por la tradición japonesa según la edad de la mujer. (N. del A.)

•

la gente común, sino el de una dama de alto rango[10]. Tan maravillado estaba que decidió, por muy arriesgado que fuera, ver el rostro de la dama, así que se deslizó con sigilo alrededor de la casa, escudriñando aquí y allá por cualquier grieta y cualquier rendija hasta que por fin pudo atisbarla. Entonces, un gélido estremecimiento recorrió su cuerpo y se le erizó el pelo.

Contempló con sus propios ojos el rostro de una mujer que llevaba largo tiempo muerta; los dedos que acariciaban eran mero hueso; la parte inferior del cuerpo no existía: era una especie de sombra ondulante que se arrastraba por el suelo. Donde los ojos del crédulo enamorado veían juventud, belleza y gracia, los del sirviente solo veían el horror y el vacío de la muerte. Había también en la habitación otra figura femenina de forma aún más extraña que se levantó y se dirigió hacia el sirviente, como si se hubiera percatado de su presencia. En ese momento, presa del pánico más atroz, Tomozō huyó hacia la casa de Hakuōdō Yusai y logró despertarlo tras llamar frenéticamente a la puerta de su residencia.

10 El lenguaje empleado por los samuráis y las clases superiores difería enormemente del lenguaje popular; pero me resulta imposible reflejar estas diferencias en nuestro idioma. (N. del A.)

V

Hakuōdō Yusai, el *ninsomi*, era ya un hombre muy mayor. En sus tiempos había viajado mucho y había visto y oído tantas cosas que ya no se sorprendía con facilidad. Sin embargo, el relato del aterrorizado Tomozō le inquietó y le impresionó por igual. Había leído en antiguos libros chinos acerca del amor entre los vivos y los muertos, pero jamás lo había considerado posible. No obstante, estaba convencido de que Tomozō no le engañaba y de que algo muy extraño sucedía en la residencia de Hagiwara. Si las palabras de Tomozō eran ciertas, el joven samurái estaba condenado.

—Si la mujer es un espectro —le dijo Yusai al asustado sirviente—, es seguro que tu señor morirá muy pronto, a no ser que hagamos algo para evitarlo. Si se trata de un fantasma, su rostro estará impregnado de signos de muerte. El espíritu del vivo es *yōki*, puro, y el espíritu del muerto es *inki*, impuro: uno es Positivo y el otro Negativo. Aquel cuya esposa es un fantasma no puede vivir. Incluso aunque su sangre contenga la vitalidad de un centenar de años, esa fuerza pronto se evaporará... Aun así, haré todo lo que esté en mi mano para salvar a Hagiwara Sama. Mientras tanto, Tomozō, no comentes nada de lo sucedido con nadie, ni siquiera con tu mujer. A la salida del sol iré a visitar a tu señor.

VI

Al día siguiente, Shinzaburō, interrogado por Yusai, negó haber recibido la visita de ninguna mujer; pero, viendo que su ingenua táctica era inútil y sabiendo que las intenciones del anciano eran buenas, confesó la verdad y explicó sus motivos para mantenerlo en secreto. En cuanto a la dama de Iijima, dijo, tenía la intención de convertirla en su esposa tan pronto como fuera posible.

—¡Terrible locura! —exclamó Yusai alarmado—. Debéis saber, señor, que las personas que os han estado visitando noche tras noche están muertas. ¡Sois presa de una espantosa quimera! ¡El simple hecho de haber creído durante tanto tiempo que O-Tsuyu había muerto y de repetir el *Nembutsu* y hacer ofrendas en su memoria es en sí una prueba!... ¡Los labios de la muerta os han tocado y sus descarnadas manos os han acariciado!... En este preciso instante, puedo ver las marcas de la muerte en vuestro rostro, aunque vos no lo creáis... Prestad atención a mis palabras, señor, si deseáis salvaros, pues de otro modo en menos de diez días estaréis muerto. Las mujeres os dijeron que residían en el distrito de Shitaya, en Yanaka-no-Sasaki. ¿Alguna vez fuisteis a visitarlas allí? ¡No, por supuesto que no! Entonces habéis de ir hoy cuanto antes a Yanaka-no-Sasaki para buscar su casa...

Y, tras haber pronunciado este consejo con la mayor sinceridad y vehemencia, Hakuōdō Yusai se marchó.

Shinzaburō, que no estaba totalmente convencido, aunque sí asustado, reflexionó unos instantes y decidió ir a Shitaya siguiendo el consejo del *ninsomi*. Aún era por la mañana temprano cuando llegó al distrito de Yanaka-no-Sasaki para buscar la residencia de O-Tsuyu. Recorrió cada calle y cada callejón, leyó todos los nombres que estaban escritos a la entrada de las casas, preguntó siempre que tuvo oportunidad. Pero no encontró ninguna vivienda parecida a la que O-Yoné había descrito ni nadie supo decirle de una casa habitada únicamente por dos mujeres. Al ver que su búsqueda resultaba inútil, Shinzaburō regresó a casa por un atajo que atravesaba los límites del templo Shin-Banzui-In.

De repente, dos tumbas recientes llamaron su atención, estaban situadas una al lado de la otra en la parte de atrás del templo. Una de ellas tenía una lápida sencilla, como la que correspondería a alguien de rango humilde; la otra era más grande y elegante, y ante ella colgaba una linterna de peonía, que probablemente había sido depositada allí durante el Festival de los Muertos. De inmediato, Shinzaburō recordó que la linterna de peonía que llevaba O-Yoné era casi igual y la coincidencia le resultó extraña. Observó las tumbas con detenimiento, pero en ellas no descubrió nada. Como en ninguna estaba inscrito ningún nombre, solo el *kaimyō* budista o «plegaria póstuma», Shinzaburō decidió buscar información en el templo. El monje que le atendió le dijo que la tumba más grande había sido erigida recientemente para la hija de Iijima Heizayémon, el *hatamoto* de Ushigomé; y la más pequeña correspondía a su sirvienta, O-Yoné, que había muerto de pena poco después del funeral de la joven dama. Entonces, en el recuerdo de Shinzaburō, las palabras de O-Yoné cobraron un nuevo significado más siniestro: «Decidimos abandonar la mansión y encontramos una casita en Yanaka-no-Sasaki. Allí hemos estado durante este tiempo, realizando algún pequeño trabajo para vivir...». Ciertamente las tumbas eran una casa muy pequeña, y estaban en Yanaka-no-Sasaki. Pero ¿qué habría querido decir con «pequeño trabajo»?

Presa del pánico, el samurái corrió con todas sus fuerzas hacia la casa de Yusai y, una vez allí, le suplicó consejo y ayuda. Pero Yusai declaró que no podía serle de utilidad en un caso así. Todo lo que podía hacer era enviar a Shinzaburō al sacerdote Ryōseki, de Shin-Banzui-In, para que le proporcionara asistencia religiosa.

VII

El sacerdote Ryōseki era un hombre instruido y venerable. Sus visiones espirituales le permitían comprender el secreto de cualquier sufrimiento y la naturaleza del karma que lo causaba. Escuchó la historia de Shinzaburō sin inmutarse y le dijo:

—Un grave peligro se cierne sobre ti por causa de un error cometido en uno de tus anteriores estados de existencia. El karma que te ata a la muerta es muy fuerte; pero, si intentara explicarte su naturaleza, no lo entenderías. Por tanto, solo te diré que la mujer muerta no desea hacerte daño ni siente enemistad hacia ti; más bien al contrario, está dominada por el amor pasional que siente por ti. Probablemente, la chica ha estado enamorada de ti durante mucho tiempo, un tiempo que comienza antes de tu vida presente y que se remonta a tres o cuatro existencias pasadas. Por lo que parece, aunque la mujer cambia de estado y condición en cada uno de sus renacimientos, no ha podido dejar de perseguir tu amor. Así pues, no será fácil escapar de su influencia... Voy a entregarte este poderoso *mamori*[11]. Es una imagen

11 La palabra japonesa *mamori* tiene tantas acepciones como nuestro vocablo «amuleto». Sería imposible hacer referencia en una nota a pie de página a la enorme variedad de objetos religiosos japoneses que se engloban bajo el término «amuleto». En este caso, el *mamori* es una pequeña imagen, probablemente enclaustrada en un altar en miniatura, hecho de laca o metal, que se cubre con una tela de seda. A menudo los samuráis llevan consigo este tipo de imágenes. Hace poco tuve la oportunidad de contemplar una miniatura de Kannon, guardada en una cajita de hierro, empleada como protección por un oficial del ejército durante la guerra de Satsuma. Su propietario observó, no sin razón, que le había salvado la vida al protegerle de una bala, cuya marca se podía ver en la cajita. (N. del A.)

de oro puro del Buda llamado *Tathāgata del Sonido del Mar —Kai-On-Nyōrai—*, pues su predicación de la Ley resuena por toda la tierra como el sonido del mar. Esta pequeña imagen es un *shiryō-yoké*[12], que protege a los vivos de los muertos. Debes llevarla dentro de su funda y cerca de tu cuerpo, preferiblemente en el cinturón... También realizaré en el templo el ritual del *segaki*[13] para aliviar tu atormentado espíritu... Aquí tienes un sutra sagrado llamado *Ubō-Darani-Kyō*,[14] o *Sutra del Tesoro Lluvioso*. Debes procurar recitarlo cada noche en tu casa, nunca lo olvides... También te daré estos *o-fuda*[15], debes pegar uno en cada entrada o abertura de tu casa, por pequeña que sea. Si así lo haces, el poder de estos textos

12 De *shiryō* («fantasma») y de *yokeru* («ahuyentar»). En el folclore japonés existen dos tipos de fantasmas: los espíritus de los muertos, *shiryō*, y los espíritus de los vivos, *ikiryō*. Una casa o una persona pueden estar encantadas o ser poseídas por cualquiera de los dos. (N. del A.)

13 Este término hace referencia a un servicio especial que incluye, entre otras cosas, ofrendas de alimentos y que se realiza en memoria de aquellos muertos que no tienen parientes o amigos que puedan ocuparse de ellos. En este caso, sin embargo, se trata de un servicio religioso especial y excepcional. (N. del A.)

14 *Ubō-Darani-Kyō* es la pronunciación japonesa del título de un sutra muy corto traducido del sánscrito al chino por el monje hindú Amoghavarjra, posiblemente en el siglo VIII. El texto chino contiene constantes transliteraciones de palabras místicas sánscritas —al parecer, una especie de talismanes— como las que figuran en la traducción de Kern del *Saddharma-Pundarīka*, capítulo XXVI. (N. del A.)

15 *O-fuda* es el nombre genérico que reciben los textos religiosos usados como ensalmos o talismanes. En ocasiones se estampan o se queman sobre tablillas de madera, pero generalmente se escriben en tiras de papel estrechas. Los *o-fuda* se pegan sobre las entradas de las viviendas, en las paredes de las habitaciones, sobre los tableros de los altares familiares, etc. Algunas veces la persona lleva consigo determinados *o-fuda*; otras, los *o-fuda* se rompen en trocitos muy pequeños y la persona los traga como si fueran una medicina espiritual. El texto de los *o-fuda* mayores suele ir acompañado de ilustraciones o dibujos simbólicos. (N. del A.)

sagrados impedirá la entrada a los muertos. Pero, pase lo que pase, recuerda, no dejes de recitar el sutra.

Shinzaburō mostró su agradecimiento al sacerdote y, llevando consigo la imagen, el sutra y los textos sagrados, se apresuró a llegar a casa antes del anochecer.

VIII

Con la ayuda de Yusai, Shinzaburō pegó los textos sagrados en todas las aberturas de su residencia. Cuando terminaron, el *ninsomi* regresó a su casa y el joven se quedó solo.

Llegó la noche, clara y calurosa. Shinzaburō se aseguró de que todas las puertas estaban cerradas, se ciñó el amuleto a la cintura, se cubrió con la mosquitera y, a la luz de la linterna, comenzó a recitar el *Ubō-Darani-Kyō*. Estuvo repitiendo las palabras durante mucho tiempo, pero sin comprender apenas su significado. Como estaba agotado, intentó descansar un poco, pero no dejaba de pensar en los extraños acontecimientos de aquel día. Llegó la medianoche y aún no había logrado conciliar el sueño. Más tarde, escuchó el tañido de la gran campana del templo Dentsu-In, que anunciaba la hora octava[16].

16 Según el sistema japonés tradicional de medir el tiempo, el *yatsudoki*, u «hora octava», se corresponde con las dos de la madrugada. Cada hora japonesa equivalía a dos horas europeas, así que había seis en lugar de doce y se contaban en orden inverso: 9, 8, 7, 6, 5, 4. La hora novena correspondería al mediodía o a la media noche europeos; las nueve y media serían la una en punto y las ocho, las dos. Según la tradición japonesa, las dos de la madrugada, también llamada «la hora del Buey», es aquella en la que aparecen los fantasmas y los espectros. (N. del A.)

Cuando se extinguió el sonido de la campana, Shinzaburō escuchó el golpeteo de unas *geta* que se acercaban lentamente: *karan-koron, karan-koron*. Gotas de sudor frío perlaron su frente. Abrió el sutra con manos temblorosas y comenzó a recitarlo de nuevo en voz alta. Los pasos se aproximaban más y más, pero al llegar al seto se pararon. Por extraño que parezca, Shinzaburō no pudo permanecer bajo la mosquitera: un impulso más fuerte que el miedo le empujó a salir para ver qué sucedía; así que, en lugar de continuar recitando el *Ubō-Darani-Kyō*, se acercó a las persianas y escrutó la noche a través de una rendija. Vio a O-Tsuyu y a O-Yoné, que portaba la linterna de peonía, ante la puerta de su casa; miraban fijamente los textos budistas que estaban pegados en la entrada. Nunca antes había visto a O-Tsuyu tan hermosa como en aquel momento, ni siquiera cuando la joven estaba viva; Shinzaburō sintió que su corazón volaba hacia ella empujado por un poder irresistible. Pero el terror a la muerte y el miedo a lo desconocido refrenaron su impulso. Shinzaburō experimentaba una terrible lucha entre el amor y el miedo, tan dolorosa que le pareció sufrir en su cuerpo todos los suplicios del infierno Shō-netsu[17].

De pronto, Shinzaburō escuchó la voz de la sirvienta diciendo:

17 En-Netsu o Shō-netsu (en sánscrito «Tapana») es el sexto de los Ocho Infiernos Ardientes del budismo japonés. Un día en este infierno tiene la misma duración que miles (algunos dicen millones) de años de vida humana. (N. del A.)

—Mi señora, no hay forma de entrar. El corazón de Hagiwara Sama ha cambiado. Ha roto la promesa que os hizo anoche. Todas las puertas están cerradas... Esta noche no podemos entrar... Sería conveniente que tomaseis la decisión de no volver a pensar en él, porque es obvio que sus sentimientos hacia vos han cambiado. Está claro que no desea volver a veros. No tiene sentido sufrir por un hombre cuyo corazón es tan cruel.

Pero la muchacha respondió entre lágrimas:

—¡Oh, pensar que esto ha sucedido después de todas las promesas que nos hicimos el uno al otro!... Muchas veces he oído que el corazón de un hombre cambia tan rápido como el cielo otoñal. Aun así, estoy segura de que el de Hagiwara Sama no puede ser tan cruel como para apartarme de su vida de esta forma... Querida O-Yoné, por favor, busca el modo de llevarme hasta él, porque, si no lo haces, nunca volveré a casa.

La muchacha continuó sollozando, ocultando su rostro con las largas mangas de su quimono, y parecía más hermosa si cabe, más conmovedora; pero el miedo a la muerte era más fuerte que su enamorado.

Finalmente, O-Yoné respondió:

—Mi querida y joven dama, ¿por qué os atormentáis por un hombre tan despiadado?... Está bien, busquemos algún modo de entrar por la parte de atrás. ¡Venid conmigo!

Y, cogiendo a O-Tsuyu de la mano, la guio hasta la parte trasera de la vivienda. Las dos desaparecieron de repente, como la llama de una vela que se extingue con un soplido.

IX

Noche tras noche, las sombras llegaban a la hora del Buey; y, noche tras noche, Shinzaburō escuchaba el llanto de O-Tsuyu. Sin embargo, el samurái se creía a salvo; poco imaginaba que su destino había sido decidido ya por la voluntad de sus sirvientes.

Tomozō le había prometido a Yusai que no hablaría con nadie —ni siquiera con O-Miné— de los extraños sucesos que estaban teniendo lugar. Pero los fantasmas no dejaban descansar al sirviente. Cada noche O-Yoné entraba en su casa y le despertaba para pedirle que quitara el *o-fuda* de una de las ventanas pequeñas que había en la parte posterior de la vivienda de su señor. Tomozō, aterrorizado, prometía que quitaría el *o-fuda* antes de la próxima puesta de sol; pero nunca se decidía a hacerlo, pues temía que el mal se apoderara de Shinzaburō. Una noche de tormenta O-Yoné interrumpió su sueño con un grito de reproche y encorvándose sobre Tomozō le dijo:

—¡Si estás jugando con nosotras, ten mucho cuidado! Mañana por la noche asegúrate de quitar ese texto porque, si no lo haces, descubrirás toda la intensidad de mi odio.

La cara del espectro era tan terrorífica mientras pronunciaba estas palabras que Tomozō estuvo a punto de morir de miedo.

Hasta entonces, O-Miné, la esposa de Tomozō, nada había sabido de esas visitas. Incluso Tomozō había tenido la sensación de que se trataba de simples pesadillas. Pero, aquella noche, su esposa se despertó de repente y escuchó una voz de mujer que hablaba con su marido. Casi al mismo tiempo en que la voz se apagó, O-Miné se incorporó para poder ver a la mujer, pero solo vio a Tomozō, pálido y temblando de miedo. La visitante se había ido. Las puertas estaban cerradas y parecía imposible que alguien hubiera podido entrar. Los celos se apoderaron de O-Miné, que empezó a reprender a su esposo y a atosigarlo con preguntas de tal modo que este se vio obligado a revelar el secreto y a contarle el terrible dilema al que se enfrentaba.

La reacción apasionada de O-Miné dio paso al asombro y a la alarma, pero era una mujer perspicaz y pronto ideó un plan para salvar a su marido aun a costa de sacrificar a su señor. Aconsejó a Tomozō que hiciera un trato con las muertas.

A la noche siguiente, a la hora del Buey, los espectros aparecieron nuevamente. Nada más oír sus pasos —*karan-koron, karan-koron*—, O-Miné se escondió de inmediato, pero Tomozō salió a su encuentro y, reuniendo el valor necesario, les dijo:

—En verdad merezco vuestro enojo, pero no es mi intención causaros ningún mal. La razón por la que aún no he retirado el *o-fuda* es que mi esposa y yo vivimos gracias a la ayuda de Hagiwara-sama; por lo tanto, no podemos exponerle a ningún peligro, pues nosotros también caeríamos en desgracia. Pero, si consiguierais cien *ryō*[18] de oro, podríamos complaceros porque entonces no dependeríamos de ayuda ajena para vivir. Si me traéis cien *ryō* de oro, podré quitar el *o-fuda* sin miedo a perder la fuente de nuestro sustento.

Cuando Tomozō hubo terminado de pronunciar estas palabras, O-Yoné y O-Tsuyu se miraron en silencio. Entonces, O-Yoné habló:

—Señora, os dije que no era justo molestar a este hombre, ya que no tenemos nada contra él. Debéis asumir que es inútil seguir mortificándose por Hagiwara Sama, pues es obvio que sus sentimientos hacia vos han cambiado. Una vez más, mi querida y joven dama, os ruego que os olvidéis de él de una vez por todas.

O-Tsuyu respondió entre lágrimas:

—Mi querida Yoné, ¡nada hará que me olvide de ese hombre!... Sé que puedes conseguir esos cien *ryō* para quitar el *o-fuda*... Por favor, querida Yoné, solo una vez más, te lo ruego, te lo suplico, ¡permíteme ver a Hagiwara Sama solo una vez más!

18 Moneda de oro adoptada a finales del s. XVI equivalente a 60 *monme* de plata.

Y continuó suplicando y sollozando con la cara oculta por la manga de su quimono.

—¡Oh! ¿Por qué me pedís que haga algo así? Sabéis muy bien que no tenemos dinero. Pero, si, a pesar de mis consejos, insistís en ese capricho vuestro, supongo que debo buscar el modo de conseguir ese dinero y traerlo aquí mañana por la noche.

O-Yoné se volvió hacia el desleal Tomozō y le dijo:

—Tomozō, debes saber que Hagiwara Sama lleva siempre consigo un *mamori* llamado *Kai-On-Nyōrai*, y, mientras lo tenga, no podremos acercarnos a él. Tienes que encontrar la manera de apoderarte de él y de retirar el *o-fuda*.

—Lo haré si me prometéis que tendré los cien *ryō* —musitó Tomozō.

—Señora, ¿podréis esperar hasta mañana por la noche?

—¡Oh! Querida Yoné —suspiró la joven—, ¿tenemos que irnos de nuevo sin ver a Hagiwara Sama? ¡Ah, es todo tan cruel!

Y el espectro de la doncella se fue, llevándose consigo a la joven dama deshecha en un mar de lágrimas.

X

El día llegó y se fue, dando paso a la noche, y con ella llegaron los espíritus de las muertas. Pero en esta ocasión no se escuchó ningún lamento procedente del exterior de la casa de Hagiwara Sama, pues el ingrato sirviente había recibido su recompensa a la hora del Buey y había retirado el *o-fuda*. Además, mientras su señor se bañaba, se las había ingeniado para robar el *mamori* de oro de su caja y sustituirlo por una imagen de cobre; después, había enterrado el *Kai-On-Nyōrai* en el suelo de un campo desolado. De este modo, nada había que impidiera la entrada de las visitantes. Cubriéndose los rostros con las mangas del quimono, se elevaron y pasaron como una bocanada de vapor a través de la pequeña ventana de la que Tomozō había arrancado el texto sagrado. Tomozō nunca supo lo que sucedió a continuación dentro de la casa.

El sol estaba ya en lo alto cuando se aventuró de nuevo a la residencia de su señor y llamó a una de las puertas correderas. Por primera vez en muchos años, no obtuvo respuesta. Inquieto a causa del silencio, insistió, pero nadie respondió. Entonces, con la ayuda de O-Miné, entró en la casa y se dirigió hacia el dormitorio, donde de nuevo su llamada fue en vano. Enrolló las persianas para dejar entrar la luz del sol, pero la casa permanecía muda. Finalmente, se atrevió a levantar una esquina de la mosquitera y lo que vio le hizo huir de allí despavorido y gritando de terror. Shinzaburō estaba muerto. Su cara reflejaba la terrible agonía del miedo. A su lado vio un esqueleto de mujer, los brazos descarnados rodeaban el cuello del samurái en un abrazo macabro.

XI

Hakuōdō Yusai, el vidente, fue a examinar el cadáver ante las súplicas del desleal Tomozō. El anciano, impresionado por el terrible espectáculo, inspeccionó el cuerpo con ojo atento. Enseguida se dio cuenta de que el *o-fuda* de la ventana de la parte posterior de la casa no estaba en su sitio y, al examinar el cuerpo de Shinzaburō, descubrió que el *mamori* dorado había sido sustituido por una imagen de Fudō de cobre.

Sospechó de Tomozō al instante, pero el hecho de que el criado hubiera robado a su señor le parecía tan inusual que decidió consultar con el sacerdote Ryōseki antes de tomar una decisión. Una vez que terminó de realizar sus pesquisas, se dirigió al templo de Shin-Banzui-In tan rápido como sus envejecidas piernas le permitían.

Ryōseki, sin esperar a conocer el motivo de la visita del anciano, le invitó a entrar en sus aposentos privados.

—Sabes que siempre eres bienvenido —dijo Ryōseki—. Por favor, siéntete como en tu propia casa... Siento tener que decirte que Hagiwara Sama ha muerto.

—Es cierto, pero ¿cómo lo has sabido? —preguntó Yusai sorprendido.

—Hagiwara Sama —respondió el sacerdote— estaba padeciendo las consecuencias de un karma negativo y su sirviente era un hombre malvado. Lo que le ha sucedido a Hagiwara Sama era inevitable. Su destino estaba escrito mucho tiempo antes de su último nacimiento. Será mejor que no permitas que este suceso te perturbe.

—He oído —dijo Yusai— que un sacerdote de vida pura puede obtener el don de ver el futuro, un futuro distante en cientos de años incluso, pero esta es la primera vez en toda mi existencia que veo una prueba de semejante poder... No obstante, aún hay otro asunto que me preocupa...

—Te refieres —interrumpió Ryōseki— al robo del sagrado *mamori*, el *Kai-On-Nyōrai.* No debes inquietarte por eso. La imagen está enterrada en un campo. Antes de que acabe el año, será encontrada y me será devuelta durante el octavo mes del año que entra. Así que deja de preocuparte.

Cada vez más fascinado por la clarividencia del sacerdote, el viejo *ninsomi* se aventuró a decir:

—Durante años he estudiado el *In-Yō*[19] y la ciencia de la adivinación; me he ganado la vida leyendo la fortuna de la gente, pero me resulta imposible comprender cómo puedes saber todas esas cosas.

—No importa el cómo —respondió Ryōseki con gravedad—. Ahora quiero hablarte del funeral de Hagiwara. El clan Hagiwara tiene su propio cementerio, pero enterrarlo allí no sería bueno. Debe ser enterrado al lado de O-Tsuyu, la dama de Iijima, pues sus karmas estaban profundamente unidos. Y es preciso que tú erijas una tumba para él con tu propio dinero, pues estás en deuda con él.

De este modo, Shinzaburō recibió sepultura al lado de O-Tsuyu, en el cementerio de Shin-Banzui-In, en Yanaka-no-Sasaki.

Aquí finaliza la historia de los fantasmas en el Romance de la Linterna de Peonía.

* * *

Mi amigo quiso saber si la historia me había interesado y le respondí que deseaba visitar el cementerio de Shin-Banzui-In. De tal manera, podría absorber todos los detalles relativos al entorno de la narración.

19 Los principios masculino y femenino del Universo, las fuerzas activa y pasiva de la Naturaleza. Yusai hace referencia a la antigua filosofía china de la naturaleza, más conocida por los lectores occidentales por el nombre de *feng shui*. (N. del A.)

—Iré contigo —me dijo—. Pero ¿qué te parecen los personajes?

—Según los cánones del pensamiento occidental —respondí—, Shinzaburō es un ser despreciable. He comparado este personaje con los amantes de nuestra literatura romántica clásica, que siempre estaban felices de seguir a su enamorado o a su enamorada a la tumba, aunque, como cristianos, creyeran que solo poseían una vida para disfrutar en este mundo. Pero Shinzaburō era budista, había vivido ya un millón de vidas y un millón le quedaban por vivir; aun así, fue demasiado egoísta como para entregar una miserable existencia a una muchacha que había regresado de entre los muertos por su amor. Es más, también fue un cobarde, pues, aunque era samurái por nacimiento y educación, tuvo que suplicar a un sacerdote para que le salvara de los fantasmas. De cualquier modo, demostró ser despreciable; y O-Tsuyu hizo bien en asfixiarlo con su abrazo.

—Shinzaburō es igualmente miserable desde el punto de vista japonés —señaló mi amigo—. Pero el autor se sirve de este débil personaje para desarrollar unos hechos que, de otro modo, no podrían haberse construido de forma tan efectiva. Para mí, el único personaje atractivo de esta historia es el de O-Yoné: paradigma de sirviente fiel y abnegado, inteligente, perspicaz y resoluto, leal no solo en vida, sino también en la muerte… Bien, vayamos pues a Shin-Banzui-In.

Una vez que alcanzamos nuestro destino, descubrimos que el templo carecía por completo de interés y que el cementerio era un campo de desolación. Donde una vez hubo tumbas, ahora había pequeños huertos de patatas. Las lápidas estaban inclinadas en todos los ángulos posibles, las tablillas funerarias eran ilegibles, los pedestales estaban vacíos, los recipientes para el agua estaban destrozados y las estatuas de los Budas no tenían ya ni cabeza ni manos. Las lluvias recientes habían encharcado el terreno y habían dejado por doquier oscuros charcos de lodo donde un sinnúmero de ranas diminutas saltaban de aquí para allá. Todo, a excepción de los pequeños huertos, parecía llevar años abandonado. En un cobertizo, junto a la puerta, vimos a una mujer cocinando y mi acompañante le preguntó si sabía algo de las tumbas descritas en el *Romance de la Linterna de Peonía*.

—¡Ah! ¿Las tumbas de O-Tsuyu y O-Yoné? —respondió con una sonrisa en los labios—. Las encontraréis en la parte de atrás del templo, al final de la primera fila, al lado de la estatua de Jizō.

En Japón, con frecuencia me he encontrado con sorpresas de este tipo en cualquier parte.

Caminamos esquivando los charcos y las verdes hileras de plantas de patata, cuyas raíces sin duda se nutrían de la esencia de muchas otras O-Tsuyu y O-Yoné. Finalmente, llegamos y pudimos ver dos lápidas invadidas por los líquenes cuyas inscripciones ya casi se habían borrado.

Al lado de la tumba más grande se elevaba la estatua de Jizō, que había perdido la nariz.

—Los caracteres no se distinguen con claridad —dijo mi amigo—, pero... ¡espera!

Y extrajo de la manga de su quimono una hoja de papel blanco, la apoyó sobre la inscripción y comenzó a frotar por el papel un pedazo de arcilla. Al hacer esto sobre el papel oscurecido, aparecieron los caracteres en blanco.

—*Día undécimo, tercer mes, Rata. Hermano Mayor, Fuego. Sexto año de Horéki [1756 d. C.]*... Parece que se trata de la tumba de un posadero de Nedzu llamado Kichibei. ¡Veamos qué pone en la otra lápida!

Repitió la operación con una nueva hoja y así surgió el texto del siguiente *kaimyō*[20]:

—*En-myō-In, Hō-yō-I-tei-ken-shi, Hō-ni: Monja de la Ley, Ilustre, Pura de Corazón y de Voluntad, Afamada en la Ley, habita en la Mansión de la Predicación de lo Asombroso*... Es la tumba de una monja budista.

—¡Menuda tontería! —exclamé—. ¡Esa mujer nos ha tomado el pelo!

—Te equivocas —protestó mi amigo—, y estás siendo injusto con la mujer. Tú viniste aquí buscando una sensación y ella ha hecho todo lo posible para complacerte. ¿O acaso has creído que la historia era cierta?

20 Nombre budista póstumo.